Beffroy de Reigny)

Marlborough

Poëme Comique

1783

MARLBOROUGH,

POEME COMIQUE.

MARLBOROUGH,

POEME COMIQUE,

EN PROSE RIMÉE,

PAR LE COUSIN JACQUES,

AVEC DES NOTES

DE M. DE KERKORKURKAYLADECK,

GENTILHOMME BAS-BRETON.

Tous ces grondeurs au front févere,
Tous ces fophiftes loups - garoux,
Ces gens, qu'afflige & défefpere
Notre humeur badine & légere,
Sont, avec leur morale amere
Et leur fageffe atrabilaire,
Quatre fois moins fenfés que nous.

LES PET. MAIS. DU PARN. p. *9. Ch. I.*

Prix, trente-*fix fols*, broché.

A LONDRES,

Et fe trouve à Paris, chez les Libraires
qui vendent les Nouveautés.

M. DCC. LXXXIII.

MARLBOROUGH,
POEME COMIQUE,
EN VERS ET EN QUATRE CHANTS.

CHANT I.

 Boyez tant qu'il vous plaira,
Doguins de l'état littéraire !
Le COUSIN JACQUES se rira
De votre rage mercénaire.
Eh ! que vous sert d'être mordants ?
Mal-gré vous & mal-gré vos dents,
Ses vers, moins sensés qu'amusants,
Aux yeux des lecteurs indulgents

A 3

Se montreront avec audace ;

Et même, aux yeux des plus méchants,

Peut-être, ils mériteront grace.

Allons ; c'eſt aſſez préluder.

Un livre de ſi court eſpace

N'a pas grand beſoin de préface.

Commençons donc, ſans plus tarder ;

Et, ſi quelqu'un nous cherche noiſe,

Pour nous venger de ſes lardons, . . .

--- Eh bien ? --- . . . eh bien ; nous rimerons.

Heureuſe & ſimple villageoiſe !

O toi ! qui reçus de LOUIS

La gloire d'allaiter ſon Fils ! . . .

Puiſſent un jour ſe faire lire

Mes vers par ce petit Amour !

Puiſſent le divertir un jour ,

Les ſons de ma ruſtique lyre !

Aux joyeux accents de ta voix

Ce bel Enfant, plus d'une fois,
A répondu par un sourire ;
Moi, je viens sur un autre ton
Célébrer cet illustre Nom,
Qui fut l'objet de ta chanson !
Je veux que de tes mœurs antiques
Ma naïve fécondité
Retrace la simplicité.

PRINCE ! j'ignore les rubriques
Introduites parmi les Grands ;
C'est un rimailleur de village,
Qui, de ses justes sentiments,
T'adresse le sincere hommage !
Va ! le Français, pour te chérir,
N'a besoin que de la nature.
La voix du Ciel est toujours sûre ;
C'est lui, qui m'apprend à bénir
Le Sang dont il t'a fait sortir
Le Soleil luit ; & le sauvage,

Qui, dans fa miférable plage,

N'a que l'ignorance en partage,

Sent tout le prix de fes rayons :

LOUIS eft Pere ; & fon Ouvrage,

Aux peuples des moindres cantons,

Retrace fon Augufte Image.

Le plus ruftre de mon village,

N'a pas eu befoin de leçons

Pour fçavoir aimer les BOURBONS.

Aimable Enfant ! dans ton jeune âge,

Peut-être qu'à mon badinage

Tu te feras intéreffé !

Car il t'offrira le langage

Avec lequel on t'a bercé !

L'air qu'a frédonné ta nourrice,

Quand tu repofais fur fon fein,

Fit naître chez moi le caprice

Des vers que t'adreffe ma main.

Du Héros, que Paris révere,

Ma voix confacrera le Nom ;
Nom fortuné ! qui fut, dit-on,
Chanté par ton Augufte Mere !
Ce Nom, dans fes joyeux loifirs,
Eut quelque part à fes plaifirs.

Quel beau laurier pare ta tête !
Héros, né pour t'enorgueillir !
L'honneur, dont tu viens de jouir,
Vaut ta plus brillante conquête !

Qu'ils me donneraient de fierté,
Ces vers pleins de fincérité !
Quel droit à l'immortalité !...
S'ils étaient lus par ANTOINETTE !
Heureux mille fois le poëte
Qui fixera fur fes écrits
Les yeux de notre Souveraine !
C'eft-là des travaux de fa veine,
C'eft-là le véritable prix !

Liqueur féconde d'Hippocrêne !
Invincible attrait de Cypris !
Vous pouvez moins fur les efprits
Qu'un feul regard de notre REINE!

Si je trouve autant de lecteurs,
Que fa beauté, fa bienfaifance
Trouvent par-tout d'admirateurs ! . . .
Hardi, Meffieurs les Imprimeurs !
Comptez fur ma reconnaiffance ;
Morbleu ! j'aurai des acheteurs
Dans tous les recoins de la France.

Voici, Lecteurs, un fait certain,
De le croire n'ayez pas honte ;
Car il eft figné de la main
De celui qui vous le raconte.
Je rime affez facilement ;
Et bien m'en prend, car le tems preffe.
En un clin d'œil la mode ceffe ;

Mes vers font l'œuvre du moment.

MARLBOROUGH, ce grand Capitaine,
Qui, fi fon hiftoire ne ment,
Jufques à fon dernier moment,
Fit des exploits à la douzaine,
Se promenait, affure-t-on,
Le long des bords de l'Achéron ...
--- Fi donc ! c'eft pure gafconade.
De l'Achéron !... je n'en crois rien.
N'eft-il point d'autre promenade,
Un peu plus belle & moins mauffade,
Dans les enfers ? --- fans doute. --- Eh bien !
Parlez-nous des champs Elyfées ;
Je m'y reconnais ; ce nom-là
Quadre mieux avec nos idées.
--- Qu'on fe fâche tant qu'on voudra ;
Moi, qui fçais très-bien les nouvelles,
Je vous dis que Monfieur Pluton,
A fait, auprès de l'Achéron,

Des promenades affez belles.

Plufieurs caffés y font bâtis ,

Plus fombres que ceux de Paris ;

Mais , ma foi ! prefqu'auffi jolis.

Les Grands de la cour infernale ,

Tous les jours dans ce lieu charmant ,

Promenent leur défœuvrement.

Avec une ardeur fans égale ,

On y traite d'ameublements ,

De perruquiers , d'ajuftements ,

De chevaux & de bâtiments.

Car l'on n'y parle point de guerre ;

Attendu que ces noirs états,

Ne font pas , comme fur la terre ,

Soumis à plufieurs Potentats.

On n'y connaît point l'Angleterre ;

Et , fi l'on y traite d'affaire ...

Bafte ! il s'agit bien de combats !

De Caron la paifible barque

Eft le feul vaiffeau du Monarque

Qui régit ce fombre pays.
Les matelots en font bannis.
Bref ; un Officier de marine
Y ferait une piétre mine.

Or , la perle des Conquérants ,
Marlborough, avec fes mouftaches,
Y paffait affez mal fon tems ;
Lui pour qui les fabres, les haches,
Les moufquetons, les piftolets ,
Et les mortiers & les boulets ,
Et les lances & les rondaches ,
Et les canons & les fufils …
Étaient des joujoux favoris.

Une bombe était une bille ,
Pour cet Enfant chéri des Cieux ;
Et ceux qui font de fa famille ,
Caffent la tête *à qui mieux mieux.*

Il peſtait donc dans l'autre monde.
Mais il jurait ! jurait ſi fort,
Qu'on tremblait par-tout à la ronde.
On lui diſait : » Vous avez tort !
» Pourquoi ces cris ? là ! là ! Milord !
» Votre regret eſt inutile :
» Et puis, mon cher, quand on eſt mort,
» Il eſt tems de reſter tranquille. «
Néant ; le Héros indocile,
Maudiſſait encor plus ſón ſort.

Un jour donc, que ſon Excellence,
Sur les rives de l'Achéron,
Lâchait quelque nouveau juron,
Un nouveau débarqué de France,
L'aborde, & dit : Seigneur Anglais !
Serviteur. Vous êtes Français ?
(Reprend d'un ton de conſéquence,
L'homme fameux par ſa vaillance ?)
Nouveau, je crois, dans ce pays?

Quelle nouvelle dans Paris ?

Y fait-on bien de la dépenfe ?

--- De nouvelle ? aucune, finon

Qu'en cette Capitale immenfe,

Tout retentit de votre Nom …

--- De mon nom ? … de par tous les diables,

Répond le Breton vigoureux,

Fronçant des fourcils effroyables !

De mon nom ? … Ventre-bleu ! je veux,

S'il fe peut, juger par mes yeux,

Si vos rapports font véritables.

Ainfi foit fait. Droit chez Pluton,

Pour folliciter cette grace,

Marlborough entre avec audace.

Voyons ; … le refufera-t-on ?

Milord ferait gentil garçon,

Difait le Monarque au Breton,

S'il ne jurait pas comme quatre ;

Si … mais, toujours prêt à fe battre …

--- Sire ! ah ! Sire ! foyez certain,
Que je me vaincrai pour vous plaire,
Si vous écoutez ma priere !...
--- Oui ? ... nous verrons cela demain.

Animé par cette efpérance,
Milord n'eut garde de dormir.
Croyant pouvoir bien-tôt jouir,
Ah ! comme il jouiffait d'avance !
» Que de charmes ! que de plaifir !
» Je reverrai bien-tôt la France !
» Paris eft bien changé, dit-on ;
» J'en jugerai ! .... Seigneur démon !
» Deviens fenfible à ma requête ! «

Pluton eft un Dieu fort honnête,
Sur-tout quand on eft importun.
Aimant la paix comme pas un ,
Quand on lui fatigue la tête ,
Il réfifte fort peu de tems ,

Pour

Pour fe débarraffer des gens.

» Allons, dit-il ; ce pauvre diable
» Sollicite avec tant d'ardeur,
» Que j'ai pitié de fa douleur.
» Qu'un autre foit inexorable ;
» Pour moi, je n'en ai pas le cœur.
» Je confens donc à fon voyage ;
» Qu'on lui délivre un paffe-port.
» Allez, Milord ; & foyez fage ;
» De-là dépendra votre fort.
» Retenez ce que je vais dire :
» Par un effet de ma bonté,
» Si vous êtes reffufcité,
» Une fois hors de mon Empire ,
» Gardez votre virginité.
» Pour vous c'eft une fleur nouvelle ,
» Qu'il n'eft plus permis de flétrir.
» Si pour quelqu'aimable femelle ,
» Vous brûlez d'un fecret défir ;

B

» Gardez-vous bien d'y confentir.

» Car fi, fédentaire auprès d'elle,

« Vous montrez un coupable zèle,

» Une prompte captivité,

» De ce manque de chafteté,

» Sera le prix trop mérité.

» Du mal d'amour l'épidémie,

» Regne à Paris plus que jamais.

» Mais, celui qui, par mes bienfaits,

» Jouit d'une feconde vie,

» Peut & doit être déformais

» Exempt de cette maladie ...

» Adieu, mon cher ; jufqu'au revoir. «

Milord, plein de reconnaiffance,
En voyant combler fon efpoir,
Était content ! ... il fallait voir !

Pour venir de l'enfer en France,
O mon Héros ! ton Excellence,

Doit être en habit d'ordonnance !
Une ame ne te fuffit pas.
On aime içi des gens folides,
Et non pas des ombres rapides.
Il faut un corps ; & tu l'auras !

'Au grand dépôt des corps fans vie,
Il vient reconnaître le fien ;
L'ame, par un nouveau lien,
A fa dépouille eft réunie ;
Mais fans ce coftume effrayant,
Qui faifait peur à nos ancêtres,
De nos modernes petits-maîtres,
Il prend l'uniforme attrayant.

Mouftache à bas ; pommade ; effence ;
Talons à pic ; cheveux poudrés ;
Souliers artiftement ferrés,
Qu'enveloppe une boucle immenfe ;
Cou plat ; gros dos ; tête à l'évent ;...

Enfin notre antique élégant,
Que l'air épuré de la France
Transforme en damoiſeau charmant,
Vient honorer de ſa viſite
De Paris le ſéjour brillant ;
Tour-à-tour boudant, ricanant,
Pirouettant & frédonnant ;
Bien fier de traîner à ſa ſuite
Tout l'attirail de ſon mérite.

NOTES
DU PREMIER CHANT
DU POEME DE MARLBOROUGH,
Par M. DE KERKORKURKAYLADECK.

(Page 5, vers 1.)

Aboyez tant qu'il vous plaira,
Doguins de l'état littéraire !

SI cette idée ne paraît pas juste au Lecteur un peu férieux ; s'il la trouve trop triviale pour un Poëme de ce genre, il peut y substituer celle-ci :

Clabaudez tant qu'il vous plaira,
Censeurs de l'état littéraire !

On voit bien que par le mot de *Censeurs*, on n'entend ici que les Littérateurs soi-disant, qui se font une espece d'état de la critique. Cependant l'idée primitive de l'auteur me paraît, à moi, plus naturelle & plus conforme au caractere de ceux à qui il parle.

(Ibid., vers 3.)

Le COUSIN JACQUES se rira.

Ce début paraît répondre assez à ces vers, qui terminent les *Petites Maisons du Parnasse :*

B 3

Si, par hafard, quelque plume
Veut bien me faire l'honneur
De cenfurer mon volume,
Et compofe, avec aigreur,
Quelque docte médifance,
En maniere de fatras,
Je puis affirmer d'avance
Que je ne la lirai pas.

Le *Coufin Jacques* foutient affez bien cette joyeufe in-différence, qui caractérife l'ame ftoïque d'un auteur. Un Prince, ami des beaux-arts, lui demandait un jour quelle était la chofe la plus néceffaire à un jeune auteur ; un front d'airain, Monfeigneur, répondit-il ; pour fupporter, fans honte & fans douleur, les traits des envieux. Il eft certain qu'il n'eft guere poffible aujourd'hui d'écrire, & d'écrire en vers, fans s'expofer à foutenir le poids d'une guerre littéraire. Le vrai moyen d'être infenfible à la fa-tyre, c'eft de ne pas s'en informer.

Mon Apollon, fans être exempt
Des traits malins de la fatyre,
Jouit du paifible agrément
De les ignorer & d'en rire.

Je cite ici plufieurs vers des *Petites Maifons du Parnaffe,* parce qu'il eft probable que cet Ouvrage, beaucoup plus volumineux, & par conféquent beaucoup plus cher que *Marlborough,* ne fera pas vû de tous ceux qui fe procure-ront celui-ci. Quoique les *Petites Maifons du Parnaffe,* dont j'ai fait les *Notes,* ne foient pas exemptes de beautés , il faut pourtant convenir que c'eſt la plus faible de toutes les productions du *Couſin Jacques*. Le ſuccès qu'elle obtient par toute l'Europe , n'eſt pas une raiſon pour que l'auteur en ignore les défauts. Le ſujet eſt neuf , & on pouvait tirer , d'une ſi plaiſante idée , un bien autre parti que le *Couſin* n'en a tiré. Son Ouvrage eſt un mêlange confus de ſcenes diſparâtes ; & cent pages de moins, avec plus d'ordre dans les idées & dans le plan , en auraient fait un bon ouvrage. Il s'y trouve des farces mêlées avec des plaiſanteries du haut genre ; & les tableaux en ſont mal aſſortis. Cependant cela plaît, dira-t-on ; l'énigme n'eſt pas difficile à deviner. On ne peut refuſer à cet Ouvrage le mérite de la gaité , de la nouveauté & de la variété. Le II. Chant , le IV. , d'*Apollon en Flandres* , le V. , où les Poëtes ſont jugés , & le VI. , qui contient l'hiſtoire de *Maître Euſtache* , en vers, méritent , au jugement de quelques membres de l'Académie , de trouver place dans une bonne collection de Littérature moderne. Au reſte, il n'eſt pas étonnant qu'un Ouvrage , qui fourmille de plaiſanteries de toute eſpece, qui n'eſt par lui-même qu'une plaiſanterie, & où l'auteur s'amuſe quelquefois trop au dépens des moines , ſoit goûté du grand nombre , mal-gré ſes défectuoſités. Il eſt encore moins ſurprenant qu'il ſoit rhabillé de toute piece par les Journaux. A l'exception d'un très-petit nombre d'Ouvrages périodiques, que le *Couſin Jacques* a ménagés, je ne ſçais par quelle raiſon , il a tellement badiné les Journaliſtes , & en particulier le *Mercure de France* , qu'il doit s'attendre à voir ces plumes périodiques ufer de repréfailles. Quel auteur n'apprête pas à rire à fes dépens ? Et, quand le *Mercure*, quand l'*Almanach* des *Mufes*, dans fa notice, dira des *Petites Maifons du Par-naffe* : C'eft un Ouvrage fans fuite, fans ordre, fans plan, fans genie ; c'eft une rapfodie de vers paffables & mauvais, de profe médiocre & triviale, &c., &c., &c. Le public dira : Voici des gens piqués au jeu, qui débitent dans cent Annonces, quatre-vingt-dix-neuf menfonges. Au refte, le *Coufin Jacques* le méritait bien ; pourquoi les a-t-il attaqués le premier ? Une chofe fingulière, c'eft que, lorfqu'il a fait les *Petites Maifons du Parnaffe*, où il ridiculife le *Mercure*, à plufieurs reprifes, il n'avait jamais lu ce Journal. S'étant informé de fa jufte valeur à plufieurs gens de lettre, qui probablement lui en voulaient, ceux-ci lui dirent que c'était le meilleur fpécifique contre l'in-fomnie ; c'en eft affez ; voilà mon jeune étourdi qui vous met le *Mercure* à toute fauffe ! Le voilà occupé à prodiguer des épithetes foporifiques à ce Journal, qu'il ne connaît pas ! Après l'impreffion des *Petites Maifons du Parnaffe*, il voulut faire connaiffance avec cet Ouvrage hebdomadaire. Pefte, dit-il en riant, on m'a joué là un affez vilain tour ! Non-feulement ce Journal-là, qui, à la vérité, n'eft point parfait, ne me paraît pas fait pour m'endormir, mais il me réveille fort agréablement. Le *Coufin Jacques* apprit depuis, que le *Mercure* était le Journal le plus répandu dans l'Europe ; il fçut que fes auteurs étaient vraiment des gens d'efprit. Soit, s'écria-t-il : *quod fcripfi, fcripfi* ; une légere épigramme du *Coufin* ne fçaurait affaiblir fes fuccès ; & , fi nous ne faifons point la paix à l'avenir , j'aurai l'agrément de lui rendre juftice , mal-gré fes farcafmes. Pour l'*Almanach des Mufes* & l'*Année littéraire* , je ferai vraiment affligé , ajouta-t-il , d'avoir eu le malheur de leur plaire ; cette idée feule , de voir fon éloge dans ces deux Ouvrages , le défolait à tel point , qu'il en avait les larmes aux yeux. C'était-là le cas de dire avec J. B. Rouffeau :

> *Par charité , rende z-moi ridicule ,*
> *Pour rétablir ma réputation.*

(Page 6 , *vers 11.*)

Heureufe & fimple villageoife !

La Nourrice de Monfeigneur le Dauphin chantait fouvent la chanfon de *Marlborough*. (En Anglais , l'*o* du milieu ne fe fait prefque pas fentir ; mais en français *Marlborough* fait trois fyllabes.) Cet air , en effet affez gracieux & trèsnaturel , plût à la Reine ; on le chanta à la Cour , à Paris , en Province ; delà la mode des chapeaux , des chignons , des cannes , &c. à la Marlborough.

(Page 8 , *vers 8.*)

N'a pas eu befoin de leçons
Pour fçavoir aimer les BOURBONS.

Le *Coufin Jacques* , père de famille , Français d'origine & d'inclination , paifible témoin dans fa retraite , des fen-

timents du villageois pour fes Auguftes Maîtres, mérite,
ce me femble, plus de croyance que ceux qui ne fçavent
que flatter. Cet éloge des B O U R B O N S eft d'autant
moins fufpeƈt, que le Poëte, qui le fait, eft un villageois
depuis plufieurs années, retiré du tumulte des Villes, qui,
quoique très-jeune encore, n'afpire qu'à jouir long-tems
d'une libre tranquillité dans fes vallons, & borne fon am-
bition à la gloire des lettres. Il a vu plus d'une fois les
habitants de fa campagne exprimer, par des larmes, cette
affeƈtion fincere que la nature, pour ainfi dire, a placée
dans le cœur des Français pour leur Roi. Qu'on demande à
ce vigneron s'il aime L O U I S X V I.; ... Si je l'aime!
répond le ruftre avec enthoufiafme! Je donnerais mon fang
pour lui. ... Cependant il ne l'a jamais vu; mais quand un
Souverain fe fignale par des traits de juftice & d'humanité,
les plus ignorants des hameaux les plus obfcurs, ne font
pas les derniers à le fçavoir. Ah ! c'eft que la bonté d'un
Roi eft la premiere pierre de fa Couronne !

(Page 9, vers 13.)

S'ils étaient lus par ANTOINETTE!

Il ne faut qu'être Français pour partager l'enthoufiafme
de ce vers, des fuivants & des précédents. Ceci quadre
affez bien avec ces vers-ci, inférés dans une requête du
Coufin Jacques à M. l'Intendant de Soiffons, datée du 28
Mars 1783, de Chévrégny en Laonnois, demeure du Coufin. En parlant d'une fomme d'argent donnée, par l'In-

éndant aux Syndics, Procureur Fifcal, &c. de la Communauté, pour fubvenir aux befoins publics, il dit :

Ces Meffieurs, pour qu'on leur pardonne
D'en faire un fi coupable emploi,
Difent tout haut, qu'on la leur donne
Pour boire à la fanté du Roi.
--- *Bravo !* l'excufe eft affez bonne ;
Meffieurs, fi la chofe eft ainfi,
Permettez que j'y boive auffi.
Quoique je n'aime point à boire,
Je fuis Français ; je m'en fais gloire.
J'aime mon Roi ; je le chéris.
Je veux que de toutes les trognes
La mienne éclipfe le rubis ;
Tous les Français font des ivrognes ;
Du moment qu'on boit à L O U I S.

    Voyez la premiere Quinzaine de Mai du Journal politique de Bouillon.

CHANT II.

A Peine a-t-on sçu dans l'Hôtel,
Le nom de ce nouveau mortel
Arrivé du royaume sombre,
Que des parasites sans nombre,
Survenant de tous les côtés,
L'accablent d'offres de service,
Et de cent importunités.

Je connais trop le précipice
Pour y tomber, dit en riant
Le vieux & rusé Commandant.
Eh ! Messieurs les piqueurs de tables !
Attrapez des dupes capables
De donner dans votre panneau.
Pour moi, qui, dans mes longs voyages,
Ai jadis connu les usages,
Votre secret n'est pas nouveau.

Les ayant fêtés de la forte,
Crac ; ... il vous les met à la porte ;
Et se sert pour Péroraison,
D'un gros valet, portant bâton.
Peu curieux de la visite,
Escrocs de filer au plus vîte,
Et si bien & si lestement,
Que désormais il fut exempt
De faire un pareil compliment.

L'homme est une machine étrange,
Faite si délicatement,
Si frêle, qu'au premier moment
Un léger soufle la dérange.
On a beau faire des sermens ;
Hélas ! dans le cours de la vie,
Il naît de malheureux instants,
Où tout-à-coup on les oublie.
De ce principe désolant,
Mon Héros vous est le garant.

Avant son retour à la vie,
L'amour lui semble une folie ;
C'est un mal dont il se défie.
Il a bien promis à Pluton,
D'éviter cette énorme faute ;
Ah ! mon pauvre petit Breton !
Vous avez compté sans votre Hôte !

Certain Dimanche, sur le soir,
Marlborough dans les Thuileries,
Jaloux d'essayer son pouvoir,
Sur les femmes les plus jolies,
D'un angle à l'autre du Jardin,
Passait & repassait soudain.
Il haussait, il baissait la tête...
Oh ! d'un air très-majestueux.
Tantôt il prenait sa lorgnette ;
Et sur mainte & mainte fillette,
Mais, c'est qu'il vous collait des yeux !
Les yeux... les plus voluptueux !

Tantôt par une pirouette,
La mieux, la plus joliment faite,
Il charmait son monde à tel point,
Qu'on ne le reconnaissait point.

Que vous avez peu de finesse,
» Milord ! lui disait son laquais ;
» Sçavez-vous comme on s'intéresse
» Dans Paris, au sort d'un Anglais ?
» En sautant avec tant d'adresse,
» Vous passerez pour un Français.
» Pirouettez ; à la bonne heure ;
» Mais pirouettez gravement ;
» Et, quelque soit votre demeure,
» Ne démentez pas un instant
» La noble & superbe origine
» D'un étranger tout cousu d'or.
» Votre patrie & votre sort,
» Dans vos seuls regards se devine.
» Vous tenez le rang d'un Milord ;

» Et ... vous en avez bien la mine.

» Ah ! Marlborough ! il faut ici

» De votre nom tirer parti.

» Ah ! Marlborough ! dans cette ville

» Qu'un Milord eſt un être utile ! «

Non loin de là, ſur le gazon,

Était une gente femelle.

Elle écouta tout ce ſermon ;

Et la leçon lui parut belle.

Marlborough ! ah ! le joli nom !...

Milord ! s'écria la donzelle ;

Reſtez quelque tems à Paris ;

Nous vous ferons voir du pays.

De bien uſer de ſa fortune ,

Nous vous montrerons le moyen.

Pour qu'il ne vous reſte plus rien ,

Mon cher, nous en ſçavons plus d'une.

Vous ſoupçonnez qu'en pareil cas,

Une

Une fille parle tout bas,
La commere la moins rufée,
Qui veut enjôler un amant,
Ne lui découvre fa penfée,
Que, quand fa bourfe eft épuifée.
Lorfque vient le fatal moment,
(Car tôt ou tard, il faut qu'il vienne,)
Où le gouffet manque d'argent ;
La Bergere change d'antienne,
Et puis le nigaud confterné,
Qui ne foupirait que pour elle,
Paraît, ma foi ! bien étonné
De fe trouver abandonné
D'une Iris, qu'il croyait fidelle.
On met en campagne un Agent ;
On dit : Cherchez-moi des Bergeres
Plus délicates & moins cheres ...
L'autre à choifir eft diligent ;
Mais, *va-t-en voir s'ils viennent, Jean !*

C

Goton, c'eſt le nom de la blonde,
De tout tems, aux premiers venus,
Avait de ſa beauté féconde
Prodigué les charmes connus.
Ses faveurs, miſes à l'enchere,
Trouvaient quelquefois des chalands
Auſſi crédules qu'opulents.
Quelquefois auſſi ſes talents,
Pour la ſomme la plus légere,
Servaient aux petits comme aux grands.
Il ne faut pas être ſi fiere,
Quand on fait ce noble métier;
Si vous redoutez la miſere,
Belles, qui ne cherchez à plaire
Que dans l'eſpoir d'un tel ſalaire!
Ordonnez à votre portier
De n'être pas toujours ſévere!

Milord vient auprès de Goton
Se repoſer ſur la verdure.

Quoi ? déja ? ... vraiment, difait-on !

La démarche eft d'un bon augure.

L'égrillarde, d'un œil fripon,

Lorgnait Marlborough en filence ;

On dit qu'en cette occafion

C'eft à l'homme à prendre l'avance ;

Il ne dit mot. Ma foi ! Goton,

N'aimant pas à refter oifive :

Monfieur, dit-elle, eft un Breton ?

--- Jufte, --- Marlborough eft fon nom ? ---

Oui --- depuis quand dans ce canton ?

--- Depuis peu. --- Comment donc ? --- J'arrive,

--- Paris eft un charmant féjour !

L'Amour a déferté Cythere ;

Et c'eft à Paris qu'il transfere

Tous les plaifirs nés à fa cour.

Ne fongez pas à l'Angleterre ...

Fi donc ... --- Que parlez-vous d'Amour ?

Ses loix feraient-elles les vôtres ?

--- C'eft moi qui les enfeigne aux autres.

--- Quel ton léger !... La belle enfant !

Difait l'Anglais en s'approchant,

Je veux m'inftruire abfolument ;

A votre école affurément,

Dans l'art d'aimer on eft fçavant.

M'apprendrez-vous ce qu'il en coûte ?

Combien vous prenez par leçon ?

Un écolier de ma façon

Vous plairait-il ? --- Eh ! mais ; fans doute !...

Voyez un peu qu'il eft charmant !

Il vous a l'air fi féduifant !...

Ainfi de parole en parole

Milord prend goût à ce jargon ;

Le voilà charmé de Goton !

Il veut toujours être à l'école.

Admirez comme dans Paris

On noue aifément une intrigue !

Là ce n'eft jamais à la brigue

Que Vénus doit fes favoris.

Vous arrivez ; en un moment
S'offre fillette affez gentille ;
Le feu qui dans fes yeux pétille,
Vous manifefte clairement
Sa tendreffe pour votre argent.
On s'approche ; on touffe ; on babille ;
De l'une & l'autre part on grille
D'être bien-tôt au dénouement ;
Puis, zefte ! de fil en aiguille,
On fe trouve au bout du roman.

Lorfque l'argent remplit la bourfe,
Par-tout on va vîte en reffource.
Mais on ne va dans nul pays
Auffi vîte que dans Paris.
Fier de fa conquête nouvelle,
Marlborough, généreux amant,
En deux ou trois jours feulement,
Avait dépenfé pour fa belle
Dix mille écus d'argent comptant.

C 3

--- Dix mille écus ? --- Oui, tout autant !

C'eſt que, lorſqu'un Anglais s'en mêle,

Dix mille écus ſont bagatelle.

En deux ou trois jours ſeulement,

Il lui meuble complettement

Un cher & vaſte appartement ;

En deux ou trois jours ſeulement

Il lui fournit linge, vaiſſelle,

Bijoux, garde-robe, dentelle,

Équipages, valets chez elle

Ont le ton le plus élegant,

En deux ou trois jours ſeulement.

Chaque matin, chez la marchande,

Goton promene ſon Anglais ;

Elle y décide ; elle y commande,

On déroule tous les paquets ;

Tous les magaſins ſont défaits;

Elle refuſe, redemande :

Fi donc ! ces rubans ſont trop laids !

--- Trop laids ? eh ! quels yeux font les vôtres ?

Madame ! tels que les voici ,

A la Cour on n'en veut pas d'autres.

--- Oui , oui ; n'avez-vous point ici

Des Marlborough de toute espece ?

Des chapeaux , des mouchoirs , des gants ?

--- Si j'en ai ? des plus élégants !

Avec les boucles & la treffe ;

Et des fourcils !... de quoi choifir.

En Marlborough à très-bon compte ,

Je peux ici vous traveftir.

Ah ! fi ! n'avez-vous point de honte

De porter ce vilain chapeau ?

Difait Milord ! --- je vous affûre

Qu'il eft du goût le plus nouveau.

--- Tant pis ! car cela n'eft pas beau ;

Et l'on cache fous ce bandeau ,

Plus des trois quarts de la figure.

Un air boudeur fied quelquefois ;

Il rend la beauté plus touchante.

C 4

Mais, pour mieux paraître méchante,
Faut-il fur un joli minois,
Jetter un voile impénétrable ?
Voyez-moi ce toît déteftable
Qui couvre un vifage agréable !
Quel imbécile aimera mieux
Fixer cela que deux beaux yeux ?
Votre bon goût fi merveilleux,
Eft un bon goût abominable,
Ici de la Cour avec foin,
On veut retracer la copie ;
Mais on imite de trop loin
Les modes que l'on étudie.
A la Cour le pinceau de l'art,
Embellit toujours la nature ;
On l'orne ici par tant de fard,
Que fouvent on la défigure.

Jufqu'ici l'amoureux Milord,
N'avait qu'embraffé fa maîtreffe ;

Encore ! embraffé ! ... pas trop fort.
Il fçait bien quel fera fon fort,
S'il porte plus loin fon ivreffe.
Le fougueux défir qui le preffe,
A cependant un autre but.
Bref ; un beau jour il réfolut ...
--- Tout doux, l'ami ! votre donzelle
A prévenu ce tendre zele :
» Goton ! Goton !... Point de Goton ; «
Pas une chaife ... ô monftre ! ô rage !
Il s'en prend à tout le canton ;
Il crie, il jure, il fait tapage ...
Mon cher ! ne vous plaignez pas tant,
Dupe, il eft vrai ; mais bien portant.
L'argent s'en va ? qu'a-t-on à dire ?
La fanté refte ? il faut en rire.
On n'eft malheureux qu'à demi,
Pour fi gentille bagatelle ;
Convenez donc, mon bon ami,
Que vous l'avez échappé belle.

Pour s'étourdir fur fon malheur,

Il fort, il court, va, vient fans ceffe.

Se diftraire & changer d'adreffe,

C'eft un remede à la douleur.

Sa bourfe, & non pas fa maitreffe,

Voilà ce qui lui tient au cœur.

Un beau matin, le Capitaine,

(Il pleuvait ! mais . . . honnêtement,)

Sous la grand'porte d'un couvent

Qui fe trouva là juftement,

Si la chronique eft bien certaine,

Va, d'un pas lefte & diligent,

Chercher un abri . . . --- Mais, vraiment !

Qu'a cela de fi furprenant,

Va dire un lecteur en colere ?

--- Paix là ! --- Quoi de plus ordinaire

Que de . . . --- paix là donc ! . . . quand il pleut,

Que de fe fauver où l'on peut ? . . .

--- Trois Cordeliers d'énorme taille,

Dans le fond d'un parloir voisin,

Par un déjeûner clandestin,

Avec des cartes & du vin,

Trinquant, buvant, faisant ripaille,

Charmaient l'ennui de leur chagrin.

--- Quoi ? du chagrin dans ces retraites !

Ah ! quels sots contes vous nous faites !...

Quoi ? ces béats !... --- Béats, ou non ;

Nul n'est à l'abri du guignon.

Paris, Versailles, les Provinces

Du chagrin supportent les coups ;

Et rustres, & Bourgeois, & Princes,

Et Cordeliers, tant gros que minces,

N'en sont pas plus exempts que nous.

Marlborough s'approche ; il regarde ;

Et puis recule, & puis hasarde

Un pas de plus, puis deux, puis trois ...

Tant qu'à la fin chez nos grivois

Il entre ... Grand remû-ménage !

--- Restez, restez, mes Révérends.

Ce ton poli les encourage ;
L'étranger plaît aux bons vivants ;
On vous l'affeoit ; on vous le grife ;
On vous l'empaume bel & beau.
Joli minois, caquet nouveau
Caufe une agréable furprife ;
Si bien qu'on forme l'entreprife
D'en faire ... On va fe récrier !...
D'en faire un petit Cordelier.
» Reftez, foyez notre confrere !
» Vous aurez toujours grand gala ;
» Et vous deviendrez un gros here ;
» Gardien d'abord , & *cætera* ,
» Puis, mon cher, vogue la galere.
» Vous ferez ci, vous ferez là. «

Il cédait *quafi* ; mais le diable
Lui fit, par la plus fotte erreur,
Préférer un éclat trompeur,
Au charme d'un repos durable.

NOTES
DU SECOND CHANT.

(Page 30, *vers* 6.)

Ah ! mon pauvre petit Breton !
Vous avez compté sans votre Hôte.

IL fallait qu'indépendamment des aventures ordinai-
res aux étrangers qui viennent se ruiner à Paris, Marlborough essuyât quelque catastrophe singuliere & frappan-
te. C'est en attachant une sorte de magie à sa virginité,
que l'auteur le tire du *Royaume sombre*, pour le produire
quelque tems sur la scene du monde. Comme la vertu
d'un Célibataire y est exposée à toute heure, il me semble
que Pluton ne pouvait guere imposer à son sujet une loi
plus févere & plus capable d'exciter l'attention du lecteur.
C'est cette sorte d'intrigue qui donne lieu à cet épisode
plaisant, qui termine le petit Poëme de Marlborough.

(Page 31, *vers* 4.)

Qu'on ne le reconnaissait point.

Marlborough, ce me semble, devait être grave &
posé ; les pirouettes siéent mal à un Anglais, & à un An-

glais du dernier fiecle. Mais on a vu, dans le I. Chant,
qu'il eft travefti en Petit-Maître. C'en eft affez pour que,
s'il s'acquitte paffablement de ce rôle, perfonne, à Paris,
ne le reconnaiffe. On fçavait, dit l'auteur, qu'il y était
arrivé ; mais fi peu de perfonnes l'avaient vu, qu'aux Thuileries il était probablement un fujet nouveau pour tout le
monde : bonne raifon pour qu'on ne le reconnaiffe point :
il eft mal-aifé de reconnaître les gens quand on ne les a
jamais vus. D'ailleurs l'idée qu'on s'était formé de Marlborough à Paris, répondait mal à l'*uniforme attrayant* qu'il
avait pris pour s'y rendre.

(Page 33 , *vers 19.*)

Mais, va-t-en voir s'ils viennent, Jean.

Ce vers, fi connu de tout le monde, devient original,
quand il eft cité à propos. D'ailleurs il y a à parier que,
dans un grand nombre de vers fi coulants & fi naturels,
quelquefois même fi profaïques, que tous les lecteurs
croiraient pouvoir en faire autant, il s'en trouvera toujours quelques uns qui fe fentiront du plagiat, fans avoir
été copiés. Un Poëte conçoit une idée ; elle eft jufte ; il la
travaille ; & le vers eft fait ; il le croit nouveau ; point
du tout ; il ouvre vingt livres différents, & y retrouve
le même vers : voilà ce dont conviennent tous ceux qui
fçavent ce que c'eft que la rime. En effet, l'idée la plus
naturelle eft celle qui vient au plus grand nombre ; &,
pour peu qu'on fçache fcander un vers, on l'exprimera à

peu près d'une maniere uniforme & commune à tous les autres Poëtes. C'eſt cet inconvénient de la Poéſie qui choque les petits eſprits, ſcandaliſe les lecteurs ignorants, & fait rire les auteurs ſans préjugé.

***

(Page 39, *vers 5.*)

Des Marlborough de toute eſpece.

Le *Couſin Jacques* a manqué à un article eſſentiel, qui devait naturellement entrer dans ſon plan ; c'eſt de mettre dans la bouche de Goton une chanſon ſur l'air de Marlborough. Le chant fait partie de la mode, comme tous les autres arts d'agrément. Eh bien, afin de réparer ce manque d'égard pour les amateurs, je vais leur faire part d'une chanſon ſur l'air à la mode, faite par le *Couſin Jacques* au Clavecin de Mademoiſelle B...., pendant le dernier ſéjour qu'il fit à Paris. Ce fut, pour ainſi dire, cette chanſon qui donna lieu à ce Poëme ; car huit jours avant qu'il fût fini, l'auteur n'en avait point encore l'idée. La perſonne pour qui la chanſon fut faite, propoſa au *Couſin* de compoſer un Poëme ſur *Marlborough* ; on a bien la vie de ce Général, &c., dit-elle ; mais un Poëme, dont tout le ſujet ſera de l'imagination de l'auteur !.... Ah ! cela ſera plaiſant & très-nouveau ! C'eſt s'y prendre un peu tard ; voilà ce que c'eſt que de n'avoir pas été à Paris plutôt ! Cependant les Chapeaux à la *Marlborough* durent encore, & ils dureront peut-être plus que ce Poëme. Il eſt donc encore tems de le faire paraître ; les Éventails à la *Marl-*

borough font encore dans les mains de nos jolies femmes : profitons de la circonftance, & que le Poëme de
Marlborough vienne couronner l'œuvre. Voici la Chanfon en queftion ; certe, elle doit trouver place dans un
Poëme dont elle a fourni l'occafion ; c'eft au Clavecin
qu'on s'adreffe. Cette bagatelle, qui n'a que le prix du
moment, n'eft peut-être pas la plus mauvaife des chanfons qui ont été faites fur l'air: *Mitonton, tonton, mitontai-*
ne. Il faut dire de cette chanfon, ce que dit *Urluberlu,*
Chant III.

         Sans être excellente, elle eft drôle.

     AIR : *Mon Courfier hors d'haleine.*

O Bjet de notre envie !
Toi qui, fous la main de Sylvie,
    De notre ame attendrie
    Excites les tranfports !

    Excites les tranfports
      Par tes divins accords !
    Ah ! dis à ta Maîtreffe,
Dis combien le doigt qui te preffe
    Nous infpire d'ivreffe,
    Te donne de fierté.

                        Te

Te donne de fierté !
De ta divinité.
L'amant connaît l'empire,
Et, quand il la voit te sourire,
Il écoute, il soupire !
Et perd sa liberté.

❧❦❧

Et perd sa liberté . . . .
Par tes sons enchanté,
De quelle jalousie
Tout-à-coup j'ai l'ame saisie !
Lorsque sur toi Sylvie
Promene ses beaux yeux !

❧❦❧

Promene ses beaux yeux !
Instrument trop heureux !
Ah ! changeons d'existence,
Cher objet de sa complaisance !
Mon cœur frémit d'avance,
Palpite sous sa main.

❧❦❧

Palpite sous sa main,
O fortuné destin !
Prends ma voix, prends ma lyre !
A ton tour chante ton martyre !
Et moi, pour mieux séduire,
Je prendrai tes accents !

❧❦❧

D

Je prendrai tes accents !
Dans ces heureux inſtants ;
Plein d'une nouvelle ame ,
Careſſé des mains de ta Dame ;
Je rendrai , par ma flamme ;
Mes accords plus touchants.

F I N.

(Page 42 , *vers* 2.)

Trois Cordeliers d'énorme taille.

Le *Couſin Jacques* , qui n'eſt aſſurément pas l'ennemi des Moines , quoiqu'il n'ait pas pour eux une tendreſſe exceſſive , n'a pas eu l'intention de choquer les Cordeliers du grand Couvent , ni même ceux des petits Couvents , par cette anecdote faite à plaiſir. J'annonce au Public que tout cela n'eſt qu'une plaiſanterie , & que l'auteur ferait , morbleu ! bien fâché qu'on ne la regardât point comme telle.

CHANT III.

CErcles brillants, où la gaîté
Toujours folâtre & sémillante,
Par sa vive légèreté,
Donne aux attraits de la beauté
Une grace plus séduisante !
C'est vous, qu'avide de plaisirs ;
C'est vous que mon Héros implore !
Pour que ce qui lui reste encore
Et de fortune & de désirs,
S'immole à vos heureux loisirs.

Eh ! vîte ; on l'accueille ; on s'empresse ;
Bien-tôt le voilà répandu
Par tous les rangs de la noblesse ;
Le voilà bien-tôt attendu
Chez le Marquis, chez la Comtesse !
Marlborough, par-tout invité,

Ne fçait où donner de la tête ;

Et, par la mode accrédité,

Son Nom participe à la fête.

Chien, chat, mouchoir, ajuftement,

Tout répete ce Nom charmant.

Vainement Cydalife eft belle ;

Sans Marlborough, elle n'eft rien.

Quand Sylvie appelle fon chien,

Il croit que c'eft lui qu'on appelle.

O que fouvent il voudrait bien

Remplacer ce gardien fidele !

Tout eft Marlborough auprès d'elle ;

Elle a Marlborough à la main ;

Marlborough eft fur fa toilette ;

Marlborough eft fa collerette ;

Marlborough lui couvre le fein.

Mais ce Marlborough immobile,

Qui voile tes divins appas,

Églé, dans un fecret afyle,

Seule, pendant la nuit tranquille,

Dis , ne le changerais - tu pas
Pour un Marlborough plus utile ?

Ainſi , toujours tendre & galant,
Milord déplorait en ſon ame,
Un ſi fatal aveuglement :
Quel ſot meuble pour une femme ,
Diſait-il un jour à Fatmé ,
Qu'un Marlborough inanimé,
Qui n'a ni ſentiment , ni flamme !
Prenez un Marlborough , Madame ,
Digne d'aimer & d'être aimé.

Morbleu ! qu'on a raiſon de dire
Que le ſexe eſt notre ſoutien !
Femmes ! ſans vous, l'homme n'eſt rien !
Que tout adore votre empire !
O bienfaiſantes Déïtés !
Sans vos regards , ſans vos bontés ,
L'homme s'abat , languit , expire ;

D 3

D'un feul coup - d'œil vous l'enchantez,
Et c'eft par vos foins qu'il refpire !
Un jour, dans l'hiver de mes ans,
L'âge caufera mon martyre ;
Mais, fi, mal-gré mes cheveux blancs,
Quelqu'Iris daigne me fourire,
Je croirai revoir mon printems !

Du fexe telle eft la puiffance,
Que Marlborough entre fes mains
Devient le plus doux des humains,
Un chef-d'œuvre de complaifance.
Des loups cruels & raviffeurs,
Tels les agneaux prennent la place.
Il ne parlait que par menace ;
Il ne parle que par *douceurs*.
Ce n'eft plus ce guerrier farouche,
Épouvantail de l'univers ;
Ayant jour & nuit à la bouche
Des mots forgés par les enfers.

C'eſt un guerrier, qui n'a pour armes
Que des airs tendres & flatteurs ;
Qui ne connaît plus d'autres charmes
Que ceux de ſoumettre les cœurs.

Mais, Lecteurs, voici des ſcrupules
Qui vous trouveront peu crédules.
Quoiqu'il eût pu, vingt fois le jour,
Dans les bras de plus d'une belle
Mourir de plaiſir & d'amour,
Au Dieu du ſouterrain ſéjour
Pour cette fois il fut fidele.
Il le fut même conſtamment ;
Ce n'eſt pas qu'au premier moment,
Dans un tendre accès de délire
Il ne ſoit près de s'engager . . . .
Mais la préſence du danger
Eſt juſtement ce qui l'en tire.

Mille agréables embarras

D 4

Exprès pour lui femblent éclore ;

Les plaifirs naiffent fous fes pas.

Ah ! c'eft qu'au lever de l'aurore

Paris nous offre des appas ;

Le foir il nous en offre encore ;

Appas fans ceffe renaiffants !

C'eft-là qu'aux délices des fens

Succede une volupté pure.

Efprit, beaux - arts, littérature,

Y font, par leurs charmes puiffants,

Prendre les jours pour des inftants.

Mais un plaifir que j'idolâtre,

Plaifir qu'inventerent les Dieux

Pour fe récréer dans les cieux,

Lecteurs, c'eft celui du Théâtre.

Milord l'idolâtrait auffi.

On ne l'a point vu jufqu'ici

Groffir le parterre ou les loges.

Bien - tôt, avec les Spectateurs,

Il va prodiguer aux Acteurs
Des siffléments ou des éloges.

   Visitons d'abord l'Opéra;
Cocher ! vîte & tôt ! qu'on m'y mene :
Car un amateur de la Scene
Doit toujours débuter par-là.
Pour mieux y voir, il prend l'avance;
Il entre ; il s'asseoit ; il attend ...
Enfin ! ... le Spectacle commence.
En vain Marlborough fait silence ;
Il écoute plus qu'il n'entend.
Pour l'auditeur quelle contrainte !
Quand trente instruments à la fois,
S'évertuant à toute éreinte,
Couvrent trente diverses voix !
Merci, Messieurs, de vos merveilles ;
J'en ai par dessus les oreilles ;
Dit-il ; je conviens qu'il est beau
D'envisager dans un tableau

Tout ce que l'art par sa magie

Peut inventer de plus nouveau ;

Je rends hommage à ce génie,

Qui, de cent mortelles beautés,

Crée autant de divinités.

Mais, si, jaloux d'une autre offrande,

Vous voulez plaire par vos chants ;

Morbleu ! pour les rendre touchants,

Faites du moins qu'on les entende.

C'est miracle, quand par hazard

Un éclat frappe mon ouïe ;

Si c'est par un effet de l'art,

Ma foi ! c'est un art qui m'ennuie.

Adieu ! Messieurs, pour mes six francs,

Je suis satisfait pour la vie ;

Mais vous permettez d'être francs,

Aux censeurs placés sur vos bancs.

Par-tout où les voix sont couvertes,

Je crois qu'on n'en a pas besoin ;

Et, pour voir des bouches ouvertes,

Il ne faut pas aller ſi loin.

Allons des enfants de Moliere,
Obſerver les nobles travaux ;
Et de leur vaſte bonbonniere
Faiſons retentir les échos.
Milord ; la piece, qu'on y donne,
Probablement doit être bonne,
Dit un plaiſant à mon Héros ;
Car on en a vu la critique,
Amere encor plus que cauſtique ;
Faite par les doctes auteurs,
Et vaſ-tes co-la-bo-ra-teurs
De la Ga-zette am-phi-gou-rique,
Stulto-cyclo-patho-logique,
Docto-barbaro-didactique,
Ridiculo-panto-pédique,
Duro-gigantefco-graphique,
Et comico-phi-lo-fo-phique.
Meſſieurs, je ſuis fort bien aſſis !

Adieu la cabale & la brigue ;

Quand on eft exempt de fatigue,

On peut juger de fens raffis.

Mais hélas ! faut-il vous le dire ?

Pour trois ou quatre bons acteurs,

Pour qui le littéraire empire

Eft toujours plein d'admirateurs ;

Combien d'autres fur votre Scene

Défavoués par Melpomene !

Tout, aux regards des amateurs,

Serait dans ces lieux enchanteurs

Digne de votre Capitale ;

S'ils y voyaient chaque Sujet

Soutenir par fon intérêt,

La majefté de votre falle.

Voyons enfin, difait Milord,

Un Théâtre plus digne encor

De nos regards, de nos hommages ;

Qui du Public depuis long-tems,

Par des succès toujours constants,
Obtient, mérite les suffrages.
Maints philosophiques boudeurs,
Animés d'un courroux cynique,
En ont broché quelque critique ;
Mais laissons gronder ces docteurs,
Et, sans écouter leur logique,
Entrons à l'Opéra-comique ...
Ah ! bon, pour ce Spectacle-là ;
Il est gai ; la Scene varie ;
Jamais on n'y rencontrera
L'ennui de la monotonie.
Toujours on y retrouvera
Le gracieux de l'Opéra,
Et le sel de la Comédie ;
Bref ; jamais on n'y dormira,
Pas même *au réveil de Thalie.*
La salle est bien comme cela ;
Étroite, il est vrai, mais jolie ...
Juste ciel ! quel renfort nouveau

Fond & s'élance de la rue ?

J'étouffe ... ah ! dieu ! quelle cohue !

--- Quelqu'un ! rendez-moi mon chapeau !

Il gele ; ... & moi ! ... comme je fue !

On m'écrafe ! ... ahi ! ahi ! je me meurs ! ...

Adieu , Meffieurs ; qu'un fils d'Alcide

Vienne à ce parterre homicide ,

Écarter d'un bras intrépide

L'effaim de fes perfécuteurs ;

Mais , fi parmi vos auditeurs

Vous me revoyez de la vie ,

Votre falle de fpectateurs

Sera tout-à-fait dégarnie.

Si , par la fatigue affaiblie ,

La foule de vos partifants

N'eft qu'un monceau d'agonifants ;

Comment voulez-vous qu'ils admirent ?

Il faut avant tout qu'ils refpirent ;

Pour cela faire , affayez-les ;

Libres témoins de vos fuccès ,

Ils vous applaudiront après.

D'autres Théâtres plus modernes
Ornent les remparts de Paris ;
Leurs Sujets, quoique fubalternes,
Dédaignés des petits efprits,
Font prefque tous les jours éclore
Des fleurs, dont le bon goût s'honore.
Milord les vit, les vit fouvent ;
Milord n'en fut pas mécontent.
Les ridicules qu'on y joue
Y font parfaitement faifis ;
Et je les crois trop bien choifis
Pour qu'Apollon les défavoue.

On dit qu'il faut de tout un peu ;
Pour moi, j'aime à changer de jeu.
Quittons ce pays de cocagne,
Dit Marlborough fur fon départ ;
Aux voluptés de la campagne
Il eft tems d'aller prendre part.

NOTES

DU TROISIEME CHANT.

(Page 53 , *vers 12.*)

Morbleu ! qu'on a raifon de dire.

CEtte tirade à l'honneur des femmes, prouve combien l'auteur eft ennemi de tout dogme contraire à la loi naturelle. Je fuis convaincu qu'il ne parle jamais que d'après fon cœur. Eh bien ! aimer les femmes, eft-ce un fi grand péché ? . . . Que chaque lecteur s'interroge, il verra que, fans les femmes, avec tout l'efprit du monde, il ferait un fort mauffade perfonnage. Ces vers de *Marlborough* ne font pas contradictoires à ces autres des *Petites Maifons du Parnaffe, page 148.*

> Sexe charmant, dont la faibleffe
> Releve encor les charmes féducteurs !
> Viens quelquefois fur les bords du Permeffe,
> Pour te parer, cueillir des fleurs !
> L'efprit chez toi, ranimant la tendreffe,
> Eft un titre de plus pour foumettre les cœurs !

(Page

(Page 54, *vers 19.*)

Des mots forgés par les enfers.

Il me femble qu'on aurait pu dire, au moins avec au‑
tant de juſteſſe :

Des mots forgés pour les enfers.

Vadé prétendait que les *gros mots* ſe forgeaient à une
fabrique infernale, où les démons, comme les Cyclopes
de l'Etna, dans la Sicile, travaillaient jour & nuit pour
fournir à l'univers cette prodigieuſe quantité de juremens,
qui ſe prononcent à chaque inſtant par bien du monde.
En adoptant ce dernier ſens, il faut laiſſer *par les enfers.*

(Page 57, *vers 3.*)

Viſitons d'abord l'Opéra.

Le *Couſin Jacques* n'a point parlé de la nouvelle Salle
de l'Opéra, parce que ce n'eſt qu'une pierre d'attente ; on
doit en bâtir une plus ſpacieuſe, plus riche, &, à coup
ſûr, plus ſolide, dans l'enceinte de la grande Cour des
Thuileries, appellée *Carrouſel* ; du moins il y aura quel‑
que choſe à voir au milieu de Paris, & il ne faudra pas
courir aux extrêmités de la Ville pour aller au ſpectacle.
L'auteur aurait dû, ce me femble, dire un mot en paſ‑
ſant, des quarante-huit ſous du parterre ; quarante-huit
ſous pour être étouffé ! cela eſt un peu violent ! Le nom‑
bre des ſpectateurs, dit-on, eſt toujours le même, & le

E

produit de *huit sous par tête*, ou de quatre sous par jambe, (car on est debout,) ne laisse pas que d'être considérable à la fin de l'année. Mauvais calcul ! Messieurs ! sacrifiez quelque chose, & qu'on ne murmure point. Mille & mille bourgeois honnêtes, qui ne vont qu'au parterre, sçavent très-bien que huit sous par spectacle, pour aller trois fois à l'Opéra, font vingt-quatre sous par semaine ; & que soixante francs par an d'augmentation sur ses plaisirs, font un objet, quand toutes les denrées sont renchéries. A force d'imposer sur le parterre, & des sous & des sous, on lassera la patience des partisans de ce spectacle, & vous verrez que ce sera l'histoire de *la Poule aux œufs d'or* de la Fontaine ; c'est moi qui vous le dis. Quant à l'inutilité des oreilles, tous ceux qui vont à l'Opéra, en conviennent il y a cent ans. Il faut s'y borner à la vue.

(Page 59, *vers* 2.)

Allons des enfants de Moliere
Observer les nobles travaux.

La *Comédie française* est, de l'avis de tout le monde, le spectacle du cœur. Ou il le réforme par ses leçons dans la Comédie, ou il excite sa sensibilité dans la Tragédie. Cependant, il faut ici que je dise mon sentiment avec ma franchise ordinaire. Les Bas-Bretons sont assez francs ; & jamais on n'a reproché un mensonge ou une flatterie à tous les *Kerkorkurkailadeck* possibles, de pere en fils.

Une chose m'a singuliérement déplu aux Français ; c'est

le choix des pieces qu'on y joue. Si, par hafard, on y donne quelques nouveautés, c'eſt un excès de condeſcendance pour les jeunes auteurs. Eh! pourquoi être ſi difficile? Croit-on que nos auteurs ne valent plus la peine qu'on s'en occupe? Fatal préjugé! On a pouſſé trop loin le mépris de notre littérature actuelle; &, parce que la décadence du goût eſt plus ſenſible que jamais, on fait pâtir les bons écrivains de la ſottiſe des mauvais. Que ſçait-on? Il y a peut-être une demi-douzaine d'auteurs en France, capables de porter la gloire du Théâtre français auſſi loin qu'elle l'a jamais été. Nous jugeons; nous tranchons; nous décidons ſans appel; & peut-on s'aſſurer que la poſtérité ne démentira pas notre façon de voir?...

Il y a trop de nonchalance au Comité *français* pour que les talents y ſoient encouragés. Auſſi les auteurs, juſtement rebutés de cette fierté déplacée, portent leurs vues ailleurs, & font très-bien. En terminant cet article, je ne puis m'empêcher de dire un mot du nouvel acteur qui a débuté par les deux rôles de valet dans la piece de l'*Épreuve réciproque*, & dans celle du *Muet*. Pluſieurs amateurs, placés à mes côtés dans les loges, ignorant que le *Frontin* de la ſcene était un début, ne ceſſaient de s'écrier: Quel naturel! on voit bien que cet acteur a vieilli ſur le théâtre de Paris. A peine leur ai-je dit que ce *Frontin* arrivait de la Province, qu'ils changent de langage; leurs mains fatiguées d'applaudir, tombent languiſſamment ſur les balcons. Le lendemain deux Journaux firent la leçon à cet acteur, d'une maniere ſi obſcure & ſi ſeche, qu'il y avait

E 2

plus de fierté que de critique dans leur jugement. Le fait eft qu'il y a d'excellents acteurs dans la Province, que ce *Frontin*, qui n'a d'autre défaut que de charger un peu trop fon perfonnage, a l'air de n'avoir point connu d'autre école que le théâtre de Paris ; & il eft certain qu'on a prefqu'à lui feul l'obligation d'avoir fait valoir deux Pieces par elles - mêmes très - médiocres, &, fans lui, plus médiocres encore.

(Page 59, vers 13.)

De la Ga-zette am-phi-gou-rique.

Le *Coufin Jacques* m'étonne ; je conçois à peine que la Gazette de la fcience univerfelle ait critiqué d'une maniere *amere*. C'eft en vérité la plus charitable Gazette qui foit au monde. Ses auteurs font de fi bonnes gens ! oh ! de fi bonnes gens, qu'il n'y a pas moyen de croire qu'ils fe foient jamais avifé de dire du mal de quelqu'un. Le petit, très-petit nombre de leurs abonnés conviendra qu'ils font fi prodigues d'éloges pompeux & magnifiques, qu'ils ne craignent pas d'expofer leurs lecteurs à confondre prefque toujours le talent fupérieur avec le médiocre. Le même éloge qui caractérife chez eux, la plume d'un *Linguet*, d'un *Servan*, d'un *Mabli*, d'un d'*Alembert*, d'un *de Lille*, &c., caractérife, dans la même page, la plume la plus obfcure & la plus ignorée. On m'a dit, mais j'en doute, que la fœur d'un des bons colaborateurs de cette bonne Gazette, lui ayant demandé pourquoi il avait *un fi bon cœur*, &

pourquoi MM. les *univerfels* avaient un magafin d'éloges fi conftamment inépuifable ; il lui répondit par ce vers , de *Frere amour en capuchon : Ma fœur, je n'y vois goutte. Bis.*

Il faut pourtant avouer que la Gazette amphigourique n'eft pas affez maîtreffe de fon tems pour mieux foigner fes jugemens, accablée, comme elle l'eft, par la prodigieufe immenfité des matieres, tirées de l'*Almanach des Mufes*, & autres Ouvrages périodiques, que les plumes *univerfel-les* ont à traiter.

(*Page* 61 , *vers 17.*)

Pas même *au réveil de Thalie.*

Le réveil de Thalie a été joué quatre ou cinq fois, & quatre ou cinq fois fifflé à toute outrance à la nouvelle Salle des Italiens. Cependant, en général les vers en font charmants, le ftyle foutenu, & les idées très-judicieufes. Mais cette Piece, qui plaira toujours à la lecture, ne fe foutiendra pas fur la Scene, malgré le talent des acteurs intéreffés à la faire valoir. Il n'y a qu'une mauvaife intrigue découfue, fans vraifemblance. La fcene languit à chaque inftant, fur-tout au fecond Acte ; il y a des difparates on ne peut pas plus choquants ;... on ne fçaurait entendre, fans lever les épaules, l'apologie du Gafcon, qui vient fur le théâtre déclarer formellement qu'il vaut mieux être debout qu'affis au parterre. Tout l'ingénieux de fes plaifantes excufes fent la gafconade d'une lieue ; & il fera toujours très-vrai qu'un honnête homme eft

E 3

révolté, quand il se voit écrasé par la multitude, & qu'il revient chez lui sans canne & sans chapeau, avec des cloches aux pieds, ... Du reste, le spectacle italien est, à mon sens, le plus intéressant de tous les spectacles. Les acteurs en sont, pour la plupart, excellents ; l'orchestre a seulement le défaut d'empêcher qu'on entende les paroles des vaudevilles & des ariettes qu'on y chante. Ce seul défaut qu'on blâme depuis un siecle, est si enraciné qu'il ne paraît pas que ma réflexion ait beaucoup de poids.

CHANT IV.

Quand ſur la rive du Permeſſe,
Le joyeux chantre des amours
Des fleurs que le Zéphir careſſe,
Implore le brillant ſecours,
Moi, qu'enchante ſa douce ivreſſe,
Et qu'éblouïſſent tant d'appas,
Je cherche à glaner ſur ſes pas;
Mais c'eſt tout au plus, s'il me laiſſe
De quoi déplorer ma faibleſſe,
Et déguiſer mon embarras.

Dis-moi donc, charmant LA FONTAINE,
Toi, qui fis ſortir de ta veine
Tant de vers plaiſants & nouveaux !
Toi, qui ſur la ſcene du monde,
D'une maniere ſi féconde,
Produiſis des ſujets ſi beaux,

E 4

Tant de portraits originaux !

As-tu gardé tous tes pinceaux ?

Jaloux de ton propre mérite,

Tu ne veux donc pas qu'on t'imite ?

N'eft-il, hélas ! aucun mortel

Qui répande fur fes ouvrages

Ce coloris fi naturel

Qui te gagnait tous les fuffrages ?

Pourtant ici j'aurais tenté

De retracer l'heureux modele

De ta belle naïveté ;

Dans cet écrit fimple & fidele .

J'aurais avec fincérité

Peint la champêtre volupté.

Jufqu'à préfent, de ma gaîté

Si je me fuis trop écarté,

Je veux réparer, par un ftyle

Et plus coulant & plus facile,

Ce défaut de fimplicité.

On dira que c'eft tard s'y prendre ;
Mais il vaut mieux tard que jamais ;
Et, mal-gré tous mes beaux projets ;
On pourrait bien encore attendre.

Par fix chevaux pleins de fanté,
Dans un bon carroffe porté,
Milord, admirant de la France
La riante fertilité,
Dans un vieux château de Provence
Vint chercher l'hofpitalité.
De cet afyle folitaire
Le fortuné propriétaire,
Garçon d'efprit & de bon fens,
N'avait pas encor fes trente ans.
Seul héritier d'un bien capable
De fuffire à quatre couvents,
Le matin, le foir, à fa table
Il n'admettait que des fçavants.
Pour lui les beaux-arts, de bonne heure,

Avaient eu de puiffants attraits ;

Et, fur fa paifible demeure,

Apollon verfait fes bienfaits.

A la belle littérature

Se joignait mufique & peinture ;

Il fuivait une route fûre,

Son guide, c'était la nature ; .

Bref, il fçavait donner à tout

L'heureufe empreinte du bon goût.

Sa retraite était embellie

Par l'affemblage des talents ;

Et tous les peintres excellents

Avaient orné fa galerie.

Les plus fameux compofiteurs,

De leurs chef-d'œuvres féducteurs,

Meublaient fes magafins immenfes ;

Il choififfait jufqu'aux Romances

Des plus agréables auteurs.

Si du doux & tendre ALBANESSE

Les airs animaient fes concerts ;

Les mots, par leur délicateſſe,
Soutenaient la grace des airs.
Incomparable MÉTASTASE!
Tu plongeais, par tes ſentiments,
Par le feu de tes vers charmants,
Le cœur dans une douce extaſe!
Délicat & noble BOUFLERS!
Ton nom, que nul autre n'efface,
Cher aux Amours, cher au Parnaſſe,
Rime ſi bien avec les vers!...
Tes chanſons, l'honneur de Cythere,
De cet aimable ſolitaire,
Occupant les plus doux moments,
Plus que d'autres amuſements,
Lui rendaient ſa retraite chere.
Ariette ſimple & légere,
Vaudeville le mieux choiſi
Des *Pidou*, des *Pons*, des *Choiſy*,
Ornant ſa fertile mémoire,
Avaient, à ſes yeux mille appas;

Mais j'ai lu dans la même hiftoire
Que Monfieur *Pis* n'en avait pas.

Morbleu! vivent les Militaires!
On eft toujours bien reçu d'eux.
Adolefcents, fexagénaires,
On les voit toujours généreux;
Celui-ci, riche autant qu'honnête,
Reçut l'étranger de fon mieux;
Le tems qu'il paffa dans ces lieux
Fut pour fon hôte un tems de fête.
Tous les plaifirs du campagnard
Sont ceux qu'à Milord il procure;
Milord voit enfin la nature
Briller fans vernis & fans fard.

Quand le Printems, d'un vol rapide,
Vient s'établir dans nos climats,
Quand Flore peuple fes états,
Alors, prenant l'Amour pour guide,

Chez elle nous portons nos pas ;
Pour nous la ville est sans appas,
Et Paris devient insipide.
Les Citadins, pendant ce tems,
Voisins de l'heureux domicile
Que Marlborough prend pour asyle,
S'amusent à courir les champs.
Alors un essaim parasite
D'importunes & d'importuns,
Bourgeois gonflés de leur mérite,
Vont à Milord rendre visite,
Et l'assommer de lieux communs.
Un tas de beaux-esprits femelles,
Grouppe de laides & de belles,
Et par la curiosité,
Et par l'amour-propre excité,
Viennent faire assaut de saillies,
Comme aussi de minauderies ;
Car minauder est du bon ton ;
Et la plus aimable Bergere

Renoncerait au don de plaire,

S'il fallait plaire sans façon.

Églé, pour faire la sçavante,

Cite à tout propos les sçavants ;

Elle a l'orgueil d'une pédante,

Sans avoir l'esprit des pédants.

Cloë sur sa chaise immobile

Croit prendre des airs élégants

Lorsqu'elle a ceux d'une imbécile,

Et que, sans desserrer les dents,

Elle vient se mocquer des gens.

Ricanez donc, belle inutile ;

Et ricanez à vos dépens.

Dans un sopha Cloris goberge

Ses charmes secs & bazanés,

Aux yeux des joueurs étonnés

Étalant ses bras décharnés ;

Tandis que, droite comme un cierge,

Ne bougeant non plus qu'un piquet,

Sa fille, assise derriere elle,

Fixe son jeu sans intérêt ,

Et songe à quelque bagatelle ...

Ce n'est pas tout ; après le jeu,

L'usage est de chanter un peu.

Allons ; quelque chanson nouvelle ;

Thisbé ; pourquoi ces façons-là ?

--- Volontiers, Maman ; mais, laquelle ?

--- Prends un air de grand Opéra.

Thisbé rit , tousse , rit encore ;

Fredonne un peu ; prend son mouchoir ;

Sur tous les fauteuils va s'asseoir ;

Non pas comme quand on implore

L'indulgence des assistants ;

Mais , sûre de ses grands talents ,

D'un ton lugubre & pitoyable ,

Elle entonne , en grinçant les dents,

Une ariette épouvantable.

Son air guindé ; ses roulements ;

Ses pénibles *nasillements*

Passent ici pour des merveilles.

Ses éclats perçent les oreilles ;
Et ses joyeux gémissements
La font cribler de compliments ;
Thisbé ! vous chantez comme un ange ! ...
--- Ma foi ! je ne sçais si j'ai tort ;
Mais, à mon gré, disait Milord,
Le chant ne vaut pas la louange.

     La chasse est un plaisir charmant,
Sur-tout, quand on a de l'adresse ;
Mais c'est pour moi, je le confesse,
Un fort sot divertissement.
Si quelque chasseur me débauche,
Sur douze coups j'en manque dix ;
Et ma foi ! quand on est si gauche,
Il faut renoncer aux perdrix.
Quoi ? pour un misérable lievre,
Trotter, bondir comme une chevre !
Sans cesse ! ... & courir, & courir ! ...
Arpenter les bois dès l'aurore !

                                Le

Le foir, les arpenter encore !
Voyez un peu le beau plaifir !
Oh ! cela m'ennuie ! … à périr.

Milord était chaffeur dans l'âme ;
Même il était fort bon tireur.
C'eft l'ufage ; il faut qu'un Seigneur,
Pour un fi noble jeu s'enflamme.
Vous aimez la chaffe, Milord,
Lui dit un beau matin fon hôte ?
--- Oui, Monfieur ; & vous ? --- Oh ! moi, fort,
Je ne vous en ferai pas faute.
Tout à votre aife, Dieu-merci !
Vous pourrez de cet avantage,
Quand vous voudrez, jouir ici.
Vîte ; on prépare l'équipage ;
Et nos tireurs le lendemain
Au point du jour font en chemin.

L'Amour eft un malin compere ;

F

Voulez-vous, dit à fa Maman

Ce joli petit garnement,

Qu'à ce Héros de l'Angleterre,

Je livre un plat de mon métier ?

Je vais, au gibier qu'il efpere,

Faire, par un tour de forcier,

Succéder un autre gibier.

Il dit ; abandonnant Cythere,

Il va d'une biche legere

Prendre la tournure & la peau.

Sous cet uniforme nouveau,

Aux yeux de Milord, qu'il abufe,

Il parait, difparait foudain ;

Revient, fuit encore ; & s'amufe

A fixer fon œil incertain.

Marlborough le fuit ; il l'égare,

L'attire au fond de la forêt ;

Verras-tu, chaffeur indifcret,

Le coup que l'Amour te prépare ?

Là repofait fous un ormeau,
Bergerette jeune & jolie ;
Sa main au travail endurcie,
De l'herbe nouvelle & fleurie,
Pour l'hôte de fon écurie
Avait déja fait un monceau.
Sur les genoux de cette belle,
Amour vient chercher un abri ;
Milord, par la courfe aguerri,
Allait le percer : Ah ! dit-elle,
Cruel chaffeur ! fufpends ton bras !
Épargne une bête innocente !
L'Amour au loin porte fes pas,
Et rit de cette œuvre méchante.
Applaudis-toi, malin garçon !
Ah ! le mauvais trouble-raifon !
Lecteur, connaiffez le fripon ;
Voilà les tours dont il fe vante !

Marlborough, d'abord un peu fot,

Fixe la Bergere en filence ...

Son cœur eft pris !... là, comme il faut !

Bref ; il fe raffûre ... il s'avance :

Mon enfant ! quel eft votre nom ?

--- Monfieur, je m'appelle Jeannette.

--- Votre pere ?... -- Il eft bucheron.

Reftez - vous avec lui feulette ?

--- Il n'a que moi. -- Seulette auffi,

Travaillez-vous toujours ainfi ?

--- Toujours, Monfieur. -- Mais, fur l'herbette,

Si quelque châffeur mal - honnête

Venait vous conter la fleurette ?...

Que feriez-vous ?... dites !... Jeannette

Leve les yeux, & puis rougit,

Et puis les baiffe, & puis ... fourit.

   Tout d'un coup voilà du tapage !

Et de la grêle & de l'orage !

Oh ! oh ! foin de ce carillon !

Il faut regagner la maifon,

Dit en fe fauvant la bergere ;

Milord la fuit jufq'au hameau ;

Même il y porte fon fardeau ;

La charge lui parut legere.

--- Mais, mais, Monfieur ! en vérité !...

Plus tard je l'aurais apporté !...

Grand merci de votre bonté.

La fatigue doit être extrême,

Quand on n'eft point fait à cela.

--- On eft toujours fort, quand on aime !...

Lecteur ; tout va bien jufques - là.

Ce jeune homme eft d'une tournure ;

Difait Jeannette, qui me plaît !

Cette fille eft d'une figure,

Difait Milord, pleine d'attrait.

Marlborough la fixe, & défire ;

Jeannette le voit, & foupire !...

Le pere en ce fatal moment ,

Mal-gré la pluie ... était abfent !...

Sans doute , hélas ! que fa préfence

Aurait préfervé l'innocence !...

Le vieillard fe hâte à pas lents ;

Il rentre ... quand il n'eft plus tems.

Jeannette ! après ton imprudence ,

Va , ne crains pas les accidents !...

Tu n'as plus befoin de défenfe !

Avoir bravé fi conftamment

Tant de brillantes courtifannes !

Et céder fi légérement

A la moindre des payfannes !...

Tu plains tes maux , pauvre Milord !

Mais n'en accufe que toi-même ;

De Pluton la rigueur fuprême

Te donne une feconde mort !

Regardez-moi le bel ouvrage !...

Un moment , dit-il plein de rage ,

Pour jamais a fixé mon fort !

--- Ah ! Dame ! il fallait être fage.

Marlborough quitte l'univers;
Et c'eft pour n'y plus reparaître;
Ainfi s'effacera peut-être
L'éclat paffager de mes vers.

FIN.

NOTES

DU QUATRIEME CHANT.

(Page 75 , *vers 3.*)

Incomparable Métaftafe !

MÉtaftafe eft le feul Poëte qui ait atteint ce genre de fupériorité particulier , qui caractérife la fenfibilité champêtre. Ses Chanfons , qui font prefque toutes des Romances , ont un je ne fçais quoi de tendre & de ro- manefque , qui plonge l'ame dans une ivreffe mélancoli- que. *Le Coufin Jacques* a paru prendre Métaftafe pour un muficien , ou du moins pour un compofiteur de profef- fion , lorfque , dans les *P. M. du Parnaffe ,* il a fait dire à M. *Ortigababus ,* s'entretenant avec *Phantafmata ,* page 286. : *L'enchanteur Metaftafio ,* en le comprenant dans la lifte des plus célebres compofiteurs modernes. Mais , comme les poëfies de Métaftafe ont été mifes en mufique par plufieurs auteurs différents , qu'il ferait trop long de nommer , l'auteur des *Petites Maifons* a compris fous le nom de Métaftafe tous les ouvrages de Métaftafe , c'eft- à-dire , ces ouvrages mis en mufique , ou la mufique des Opéra de Métaftafe ; car l'un peut être pris pour l'autre , pulfque , chez cet auteur célebre , les ouvrages donnent du prix à la muſique ; & , chez preſque tous les autres , c'eſt préciſément le contraire.

(Page 75 , *vers 18.*)

Des *Pidou ,* des *Pons ,* des *Choiſy.*

Le *Couſin Jacques* n'a vu que les Pieces fugitives, inſé-rées dans l'Almanach des Muſes, par ces auteurs agréables ; de-là il a conclu qu'ils devaient faire de très - jolies chan-ſons ; il eſt probable qu'ils en ont fait auſſi , & je crois en avoir vu , qui portaient leurs noms ; mais, ſi l'on craint de ſe tromper, pour parler à coup ſûr, il vaut mieux ſubſti-tuer ces vers à ceux du *Couſin :*

Vaudeville des Nivernais ,

Des La Harpe , des *Beaumarchais.*

on ſera ſûr de citer d'excellents auteurs dans ce genre. On a généraliſé ce nom de Vaudeville ; on comprend aujour-d'hui ſous cette dénomination , tout ce qui ſe chante en pluſieurs couplets. De - là les Opéra - Vaudevilles , dans leſquels il entre ſouvent autant de Romances proprement dites , que de Vaudevilles.

(Page 76 , *vers 2.*)

Que Monſieur Pis *n'en avoit pas.*

Il me ſemble qu'il aurait fallu écrire *Pis* avec contrac-tion. Il eſt ſurprenant que l'on n'ait pas percé une rue tout

exprès autour de la Comédie Italienne, avec cette inf-
cription : *rue de Pis* ; ou *rue de Barré*. On m'a dit à Paris,
qu'on fongeait à placer près du Théâtre Italien, les Buftes
en marbre de ces deux grands génies, précieux à la Littérature, à l'État & aux Amours ; modeles parfaits du bon
goût ; & maîtres paffés dans l'art de faire rire les *calem-
bourdiers* du Parterre. *Les Vendangeurs* font un chef-d'œuvre, les *Amours d'Été* font un chef-d'œuvre ; la *Coupe
des Foins* eft un chef-d'œuvre ; leurs auteurs enfin, font
eux-mêmes des chef-d'œuvres vivants de poëfie, de phi-
lofophie, de décence & de jugement ; tout le monde en
convient, excepté les gens de goût.

(Page 80, *vers 8*.)

La Chaffe eft un plaifir charmant.

Un plaifir charmant. Je le crois ; mais fouvent fünefte
au bien-être des villageois qui dépendent d'un gentillâtre,
tout fier de fes droits & de fes parchemins moifis.

Je pourrais citer tel & tel *Seigneuret*, meuble parfaitement inutile à l'État, & fouverainement incommode à fes
voifins, qui fe fait un devoir d'abymer les productions de
la terre, que le malheureux payfan, fon vaffal, cultive
à la fueur de fon front. Un feul jour, une feule partie de
plaifir, a bien-tôt détruit l'ouvrage d'une année, & ruiné
les efpérances du cultivateur défolé. Le *Coufin Jacques*
aurait dû, ce me femble, à l'article de la Chaffe, dire

un mot de cet abus étrange, lui qui en a été quelquefois la victime. Un Hobereau fieffé, mon voisin, permettra à des laquais insolents de tirer dans mes Vignes, d'y amener une meûte de chiens, de saccager tout, de porter par-tout le ravage, la veille d'une Vendange ? les autorisera à chasser non-seulement dans ses terres, mais sur celles du Seigneur dont il releve ? On verra, au mépris des Ordonnances les plus sacrées de nos Souverains, non-seulement une récolte endommagée par la coupable audace de ce faquin parvenu, mais une valetaille impertinente, digne de la fange crapuleuse dont elle est sortie, insulter publiquement à la majesté des loix ? On se plaint ; les Tribunaux sont établis pour veiller à la conservation de nos héritages. Mais à la honte de l'humanité, on voit des Magistrats indignes, favoriser la licence effrénée d'une canaille réfractaire aux Édits, s'endormir lâchement à côté du despotisme Seigneurial, & opprimer, par leur tyrannique indolence, la portion la plus essentielle de l'État, celle des Agriculteurs, classe qui mérite avant toute autre, le profond respect des artisans, les égards distingués des riches, & la protection illimitée des Grands. O LOUIS! PRINCE aussi juste qu'humain! si, du haut de ton Trône, tu pouvais appercevoir de pareils abus! si les Tribunaux Supérieurs, toujours si prompts à réprimer l'audace des oppresseurs, pouvaient être instruits de ces manœuvres qu'on dérobe avec tant de soin à la vigilance de leurs regards, le villageois infortuné, qui gémit sous le joug

d'un perfécuteur opulent, cefferait bien-tôt de fe plain-
dre, parce que tout rentrerait dans l'ordre.

Ce n'eft pas que je prétende que ces abus, fi ré-
voltants, foient communs par tout le Royaume.

Tout le monde peut avoir éprouvé comme moi,
qu'il vaut mieux avoir fon domicile dans la terre d'un
grand Seigneur, que dans celle d'un gentillâtre, ou
d'un payfan parvenu. Un homme diftingué par un haut
rang, par une naiffance illuftre & par une fortune ana-
logue à fon état, fe fera fouvent fcrupule d'attenter à
la liberté des honnêtes Citoyens que le fort lui a fubor-
donnés. Un Prince, un Grand chaffe ; mais obfervez
que tous les payfans de fes terres font heureux, qu'ils
vivent prefque tous dans une aifance convenable à leur
état.

Il eft rare qu'un Noble ne penfe pas noblement, fur-
tout en France. Mais je ne parle ici que de ces nobles
d'hier au foir, qui valent moins que moi, & par leur
naiffance & par leurs qualités perfonnelles, qui fe pré-
valent du droit chimérique que leur donnent trente mille
livres de rente, pour envahir une infinité de privileges
que la loi leur refufe ; en vérité, cela fait pitié ! &, fi un
militaire ou un gentilhomme peu fortuné fouffre ces
indignes vexations de la part d'un infolent voifin,
c'eft qu'il n'a pas encore d'idée de la nobleffe militaire.

Et dubitant homines ferere, atque impendere curam ?
Virg. Georg.

P. S. J'ai cru pouvoir joindre à mes Notes une Ordonnance nouvelle, émanée du tribunal des Auteurs d'une Gazette affez *bonne*, & affez connue de fes abonnés, quoiqu'en petit nombre.

ORDONNANCE DE NOSSEIGNEURS

les Auteurs, Propriétaires, Colaborateurs & Rédacteurs de l'illuftriffime Gazette, Madame la G. am . . . ique.

Comme il Nous eft revenu que, nonobftant nos clameurs de *haro*, le *Coufin Jacques* non-feulement ofait encore s'imprimer, mais que fes productions téméraires parcouraient la France & les Pays étrangers, qu'elles avaient la complaifance de fe laiffer contrefaire, & l'audace de paraître effrontément fur les rayons d'un grand nombre de Bibliotheques, Nous voulons bien permettre au Public de garder celles qu'il a entre les mains ; mais nous lui défendons expreſſément, ſous peine de notre indignation périodique, d'acheter à l'avenir aucun ouvrage du *Couſin*, quelque plaiſant qu'il lui paraiſſe ; faiſons pareillement défenſe audit *Couſin* de compoſer à l'avenir, ne fut-ce que le demi-quart, d'une penſée, ſous peine d'une punition exemplaire.

Fait à ... le 18 Mai 1783.

Fin de l'*Ouvrage*.

AVIS DE L'ÉDITEUR.

LES Personnes qui feront curieuses de se procurer les Airs nouveaux du Cousin Jacques, Paroles & Musique du même auteur, pourront s'adresser à Mlle. *CASTAGNERY*, Marchande de Musique, rue des Prouvaires, à Paris ; celles qui se trouveront à portée de l'Auteur, pourront s'adresser à lui-même, à Chévrégny, en Laonnois.

www.ingramcontent.com/pod-product-compliance
Lightning Source LLC
Chambersburg PA
CBHW060433260626
47161CB00005B/1899